다 정 한 컷 아날로그

다정한컷 _ 아날로그

글 / 사진 / 편집 아마추어사진관 권다정

1판1쇄 2020년 4월

2판1쇄 2023년 5월

2판2쇄 2023년 9월

📎 Instagram : @maybe_foto_

📎 e-mail: maybe_foto_@naver.com

📎 brunch: https://brunch.co.kr/@dajung422

📎 장황한 사진집 '다정한컷 아날로그' 설명서

　먼저 다정한컷을 구입해 주셔서 감사합니다. 조금은 쑥스럽지만 저의 첫 창작물을 좀 더 재미있게 즐기실 수 있는 방법을 설명드리려 합니다. (장황한 사진집 답죠...?)

다정한컷 아날로그는 다정한줄(글), 다정한곡(노래), 다정한컷(사진)의 세 부분으로 구성되어 있습니다.

글을 중심으로 그와 관련 있는 사진들을 배치하였으며, 재미 삼아 글의 제목 또는 사진과 어울리는 노래, 여행지에서 많이 들었거나 저에게 그 도시를 떠오르게 하는 노래를 넣었습니다. 제 취향이 엄청 고급 지지는 않아서 '뭐 이런 노래가 다 있어.' 하실 수도 있지만 재미 삼아 넣어보았으니 가볍게 즐겨주세요. 참고로 몇 곡은 팬심으로 고른 곡이라 글 또는 사진과 관련이 적을 수도 있답니다. (방탄소년단의 노래는 어떻게든 꼭 넣고 싶었거든요^^;)

< 다정한컷 아날로그 200% 즐기기 >

하나. 책을 펼친다.
둘. 책 표지 날개에 적힌 트랙리스트의 곡들을 재생목록에 담는다.
셋. 음악을 들으며 다정한줄과 다정한컷을 감상한다.

'11:36 a.m.' New Malden, England 2019

📎 프롤로그
장황하지 않으려 노력한 여는 글

"다정, 넌 너무 장황해."

회식 자리에서 한 동료가 말했다. 정확하다. 난 너무 장황하다. 어떤 친구는 내가 입을 열기가 무섭게 "그래서 결론이 뭐야?"라는 질문을 내뱉기도 한다. 그럼에도 난 여전히 장황하다. 그래서 이 사진집 역시 장황하다. 시작은 '그동안 모아둔 필름 사진들을 사진집 형식으로 정리해보자'였다. 하지만 사진만 넣자니 좀 심심해 보였고 독자들을 위한 배려 차원에서 주섬주섬 추가하게 된 글 하나하나가 결국 이 책을 사진집을 가장한 에세이로 만들어 버렸다. 사진집이든 에세이든 어떤 쪽이 되었든 내가 전하고자 하는 바는 명확하다. 여행을 통해 보고, 듣고, 느꼈던 아름다움을 더 많은 사람들과 나누고 싶다는 것! 사람에 치여, 일에 치여 투덜대기엔 이 세상은 너무 아름답다는 것! 이 사진집을 가장한 에세이를 통해 누군가의 삶이 잠시나마 더 행복해지길 바라며 사진집 자체가 장황하므로 여는 글은 장황하지 않게 이쯤에서 마칩니다.

'기록되지 않은 삶은 기억되지 않는다.'

권다정 @maybe_foto_

다정한컷 _ 아날로그

필름 카메라로 찍은 사진이 인화되기를 기다리는 일은 마치 커피를 내려 마시는 일과도 같다.
결과물을 받아들이기까지의 그 설레는 기다림의 시간이 좋다.

'기다림' Amsterdam, Netherlands 2020

　내 거의 모든 여행은 빠듯한 시간에 허덕이며 온라인으로 주문한 면세품을 찾기 위해 종종걸음으로 걷거나 허둥지둥 뛰어다니는 것으로 시작된다. 재미난 점은 나는 명품 하나 사지 않았고, 사치를 부린 것도 없고, 필요한 화장품 혹은 꼭 필요한 생필품만 샀을 뿐인데 이미 중국 보부상이다. 이 모든 것은 면세점의 과대포장 덕분이겠지.

"죄송합니다. 죄송합니다."

양손에 거대한 봉투를 들고 낑낑대며 항공기에 탑승한 후, 좁다란 통로를 봉투로 이리치고 저리 치며 겨우 자리를 찾아간다. 민폐다 민폐. 늦은 통에 도통 짐을 넣을 공간도 없다. 다른 좌석 위의 빈 곳을 찾아 바리바리 들고 온 면세품 봉투를 쑤셔 넣다 봉투가 미끄러운 탓에 밑으로 쏟아져 내린다. 점프에 점프를 거듭하며 겨우 봉투를 욱여넣고 자리를 찾아간다. 자리는 왜 또 창가 쪽으로 정한 건지. 통로 쪽에 앉은 사람, 가운데 앉은 사람에게 양해를 구하며 몸을 납작하게 세우고 들어가서 앉는다.

'후유.'

그렇게 또 새로운 여행의 시작이다.

'출발' London, England 2020

'가벼운 발걸음' Amsterdam, Netherlands 2020

'겨울 여행' Edinburgh, Scotland 2020

'환승지에서' Preston, England 2020

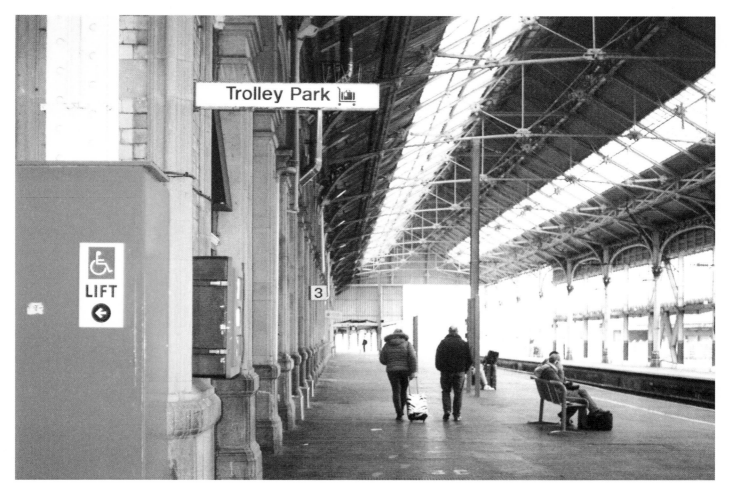

'출구를 향해' Preston, England 2020

　여행지에서 나를 행복하게 만드는 것은 너무나도 별것 아닐 때가 많다. 아침 햇살이 내리는 거리를 걷는 것, 그 거리 위로 바람이 살랑 불어오는 것, 그 거리가 현지인들이 가득한 카페로 날 이끄는 것처럼 너무나도 사소한 자연 현상 하나에, 너무나도 흔한 거리 풍경 하나에 행복한 웃음이 지어지곤 한다.

포르투갈에서의 마지막 날을 아쉬워하며 한 카페를 찾았다. 샷 추가한 라테 한 잔과 정체 모를 브런치를 하나 시켰다. 메뉴가 준비되기까지 기다림의 시간조차 행복했다. 비록 샷 추가한 라테는 산미가 너무 강해서 내 식도를 자극했지만 그럼에도 불구하고 행복했다. 그 행복의 의식을 마친 뒤 그 순간을 두고두고 기억하기 위해 카페에서 파는 에코백을 하나 집어 들고 계산대로 갔다. 그리고는 블로그에서 본 포르투갈 국민 치약이라는 Couto 치약의 판매처에 대한 정보를 얻기 위해 주인에게 물었다.

"너 Couto 치약 어디서 파는지 알아?"
"뭐라고? 그게 뭔데? 한국 치약이야?"
"아니 Couto 치약 정말 몰라? 포르투갈에서 정말 유명한 치약이라던데? 기념품으로 사 가려고 했어."
"미안하지만 나는 처음 들어봐."
"정말? 그렇다면 사야 할 이유가 없네. 고마워."

어눌한 말투로 오브리가다를 외치며 가게를 나서는데 그 순간 뜬금없이 그 별것 아닌 대화가, 그 별것 아닌 장면이 행복이라는 생각이 들어서 웃음이 나왔다. 그렇게 카페에서 나와 내리막길을 내려오던 그 오후, 그 짧은 순간은 리스본에서 가장 행복했던 순간 중 하나로 기억될 것이다.

'나른한 오후' Porto, Portugal 2019

'그들의 오후 활용법' Porto, Portugal 2019

'빨래하는 오후' Porto, Portugal 2019

'오후, 트램에 몸을 싣고' Porto, Portugal 2019

'지극히 사적인 오후' Porto, Portugal 2019

다 정 한 줄 셋 _ 별것 아닌 시간이 주는 행복

삶은 물음표의 연속인 것 같다. 여행의 좋은 점 중 하나는 나의 일상을 둘러싼 무수한 물음표와 막막함을 잠시 접어두고 아름다운 풍경과 다시 돌아오지 않을 순간에 온전히 집중할 수 있다는 점이다. 나이가 들수록, 일에 치일수록 일상과 완전히 차단된 공간에서 오롯이 나에게만 집중할 수 있는 시간이 참 소중하다.

특별한 것을 하지 않아도, 엄청난 관광 명소들을 다 돌아보지 않아도, 한참을 생각 없이 걷다가 들어간 카페에서 커피 한 잔과 달달한 디저트를 하나 시켜놓고 영혼 없이 핸드폰 스크롤을 내리며 시간을 보내고, 창밖에 지나가는 사람들을 멍하니 바라보다가 종이에 무언가를 끄적거리는 그 별것 아닌 시간이 참 좋다.

값비싼 명품이 아니어도 예쁜 마그넷을 발견했음에, 친구에게 선물해 주고 싶은 귀여운 머그잔을 발견했음에, 업무에 의욕을 더해 줄 앙증맞은 볼펜을 발견했음에 기쁠 수 있는 그 별것 아닌 시간이 참 좋다.

'Waiting for a Miracle' Edinburgh, Scotland 2020

'Christmas Wishes' Edinburgh, Scotland 2020

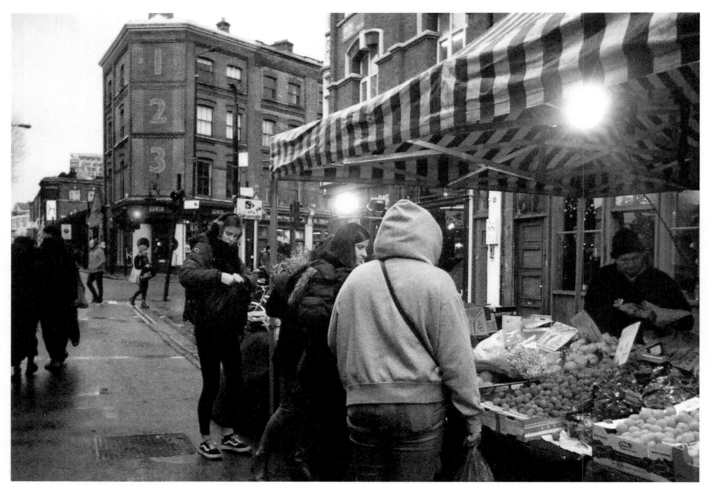

'시장에는 무언가 특별한 것이 있다' London, England 2019

'골동품 상점' London, England 2020

다 정 한 줄 넷 _ 그들의 출근길은 안녕할까요? **다정한곡 🎧 월요병가 - 스텔라장**

"여기서 살면 하루하루가 행복할 것만 같아. 그렇지?"

잠깐 들른 여행지가 아름답게만 보이는 것은 아마 잠시만 머무를 수 있기 때문이겠지. 깊이 들여다보면 결국 사람이 사는 세상은 다 똑같다. 아무 걱정 없는 세상이 어디에 있으며, 아름답기만 한 세상이 어디에 있을까.

TGIF! 그곳의 사람들에게도 월요일은 싫은 날, 금요일은 좋은 날일 것이며, 출근은 싫은 것, 퇴근은 좋은 것일 것이다. 그럼에도 불구하고, 그저 여행지에 대한 동경에서 오는 미화일 뿐이라는 걸 알면서도 여행지를 향한 동경은 멈출 줄 모른다.

'Good Morning, Commuters' Porto, Portugal 2019

'통근 열차' London, England 2020

'Be on time, please' New Malden, England 2020

'소란한 출근길' London, England 2019

'분주한 발걸음' London, England 2019

'일터를 향해' London, England 2020

'하루를 열다' London, England 2020

내 여행의 이유를 굳이 꼽으라면 사진과 더불어 커피라고 말할 수 있겠다. 그래서 난 여행지에서 로스터리 카페 찾기에 많은 시간을 할애하곤 한다.

　　　　"나는 라테를 좋아해. 여기 커피 엄청 맛있다고 들었는데 라테와 어울리는 원두를 추천해줘. "

온갖 검색을 통해 찾은 로스터리 카페에서 주인에게 라테 한 잔을 주문하고 메뉴가 준비되기를 기다리는 그 길지 않은 시간은 알 수 없는 설렘과 기대감으로 가득 채워진다. 하지만 아이러니한 것은 난 카페인에 매우 취약한 몸뚱이를 갖고 있다는 것이다. 커피를 두 잔 이상 마시면 손이 떨리고 심장이 마구마구 뛴다. 심지어 역류성 식도염까지 있다. 그럼에도 불구하고 나는 커피를 너무 너무 사랑한다.

매일 아침 종종걸음으로 학교 앞 카페에 들러 아침에만 할인 행사를 하는 2,000원짜리 라테 한 잔을 사 들고 우유와 커피가 섞이기 전 빨대로 한 모금 쭉 들이키는 그 행위가 주는 찰나의 여유로움이 좋다. 일요일 아침, 모자를 눌러쓰고 슬리퍼를 신고 나와 좋아하는 카페에서 라테 한 잔과 와플 하나를 시켜놓고 베스트셀러 작가라도 된 듯 쓸데없는 것들을 끄적거리는 그 행위가 주는 허세로움이 좋다.

어쩌면 내가 커피를 좋아하는 이유는 커피 자체가 너무 맛있어서라기보다는 커피를 마시는 행위가 가져다주는 감정 때문일지도.

'커피 한 잔 할래요' London, England 2020

'Coffee in the Rain' Amsterdam, Netherlands 2020

'유럽에서 만난 미국' Barcelona, Spain 2019

'Since 1654' Oxford, England 2019

'The Two Brewers' Windsor, England 2020

'카페에 앉아' Porto, Portugal 2019

'동화 속 카페' Porto, Portugal 2019

친구들과 함께 하는 여행도 좋지만 혼자 하는 여행도 나름의 좋은 점이 있다. 온전히 혼자가 되어 오롯이 내 안을 들여다볼 수 있는 시간을 가지다가도 문득 사람이 그리울 때면 경계심을 낮추고 낯선 이와도 친구가 될 수 있다는 것. 그리고 그 낯선 이들의 삶을 통해 나의 삶을 비추어 볼 수 있다는 것. 어쩌면 아주 모르고 살았을 누군가의 삶에 대해 아주 잠깐이나마, 잠시나마 들여다볼 수 있다는 것이 얼마나 소중한 경험인지!

'세상에는 멋진 사람들이 정말 많구나! 난 정말 우물 안 개구리였어.'

퇴사 후 순례 길을 걷는 중인데 한국 사람이 너무나도 그리웠다며 말을 걸어왔던 전직 치위생사, 첫 제자들보다 한참 어리지만, 다짜고짜 나를 언니라 부르며 자기 이야기를 술술 풀어내던 스무 살 대학생, 요즘 사람들은 사진 찍을 때 브이 같은 것 안 한다며 내 여행 사진의 새 장을 열어준 동생, 본업 외에도 봉사단체를 만들어 봉사활동을 하러 다닌다며 동그란 눈을 반짝이며 봉사단을 소개하던 친구. 길 위에는 정말 다양한 사람들이 존재했고 그들의 삶은 모두 가치로웠다. 좋은 학벌, 안정적인 직장, 높은 소득, 화려한 스펙과 같은 것들은 절대 세상의 전부이거나 혹은 누군가를 가늠하는 기준이 될 수 없었다. 슬프게도 시간이 지나면 그들 중 대부분의 이름도, 얼굴조차도 기억나지 않을 테다. 하지만 그들이 들려주었던 이야기와 가치로운 삶의 모습은 내 마음속에 영원히 기억될 것이다.

'하루 끝' London, England 2019

'각기 다른 하루들이 만나는 곳' London, England 2019

'그들의 하루: 세상을 바꾸는 힘' Barcelona, Spain 2019

'어느 아버지의 하루' London, England 2019

'하루의 가치' London, England 2019

'지금 만나러 갑니다'
Edinburgh, Scotland 2020

다 정 한 줄 ✍ 일곱 _ 그리하여 여행은 계속된다

다정한곡 🎧 When We Were Young - Adele

 혼자 여행을 하다 보면 앞으로의 삶에 대해 생각하는 데 많은 시간을 할애하게 된다. 그 생각의 끝은 결국 이 넓은 세상에서 유한한 젊음을 양껏 누리지 못하는 것은 너무 억울한 일이라는 것인데 그런 생각이 들 때마다 하나씩 새로운 목표를 세우게 된다. 이를테면 휴직하고 유럽 1년 살기와 같은 것. 하지만 여행이 끝남과 동시에 그 목표는 희미해지게 되고 여행을 하며 이 넓은 세상 속 먼지만큼 작은 일이라 생각했던 띄어쓰기 하나가, 괄호의 모양 하나가 내 세상의 전부가 되어 버리곤 한다.

여행을 하며 더 넓은 세상을 만나게 되면 엄청나게 느껴지는 오늘의 일들도 먼지만큼 작은 일임을 깨달을 것임을 알기에 새로운 여행을 계획하며 나를 꾹꾹 눌러 담아본다.

'더 넓은 세상을 향해' Porto, Portugal 2019

'혼자의 여행법' Porto, Portugal 2019

'혼자 거닐다' London, England 2019

'혼자서' Windsor, England 2020

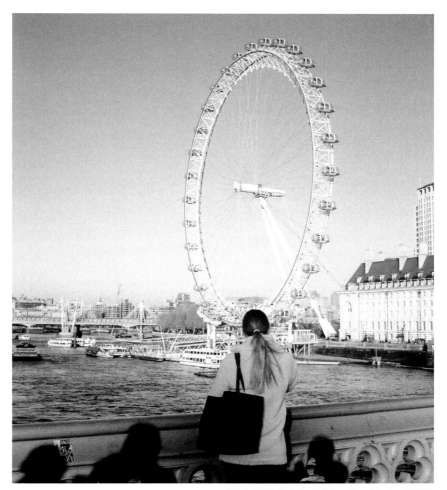

'혼자이지만 혼자가 아닌' London, England 2020

다정한 줄 여덟 _ 여행, 취향을 찾아가는 일

다정한곡 🎧 Who - Lauv (feat.BTS)

오늘 나의 비행기는 두 번 연기되었다. 공항에 홀로 우두커니 앉아 있으니 많은 생각과 감정이 스친다. 혼자 하는 여행의 좋은 점 중 하나는 순간순간 변화하는 나의 감정과 행동에 좀 더 집중할 수 있다는 것이다. 초콜릿 한입에 행복해지기도 하고 사소한 일에 화가 나기도 한다. 또 소심한 내가 사소한 일탈 혹은 새로운 도전을 실행할 용기가 샘솟기도 한다.

여행지에서 평소와 너무 다른 나를 마주할 때면 여행자아가 따로 있나 하는 생각이 들 정도인데 이를테면 아침형 인간과는 거리가 먼 내가 알람 없이도 새벽같이 벌떡 일어나 동네를 산책하고, 배고픈 것을 못 참는 내가 사진 찍으러 다니느라 밥때를 놓쳐도 배가 고프지 않고, 중학교 시절 미술 선생님께 혼난 이후로 미술과 담을 쌓고 살던 내가 미술관에서 하루 반나절을 보내도 지겹지가 않다.

'아! 나에게 이런 면이 있었다니!' '아! 내가 이런 것도 좋아하는구나!'

그렇게 몰랐던 나를 발견하고, 몰랐던 취향을 찾아가는 일이 여행 아닐까.

'No More Delays' London, England 2020

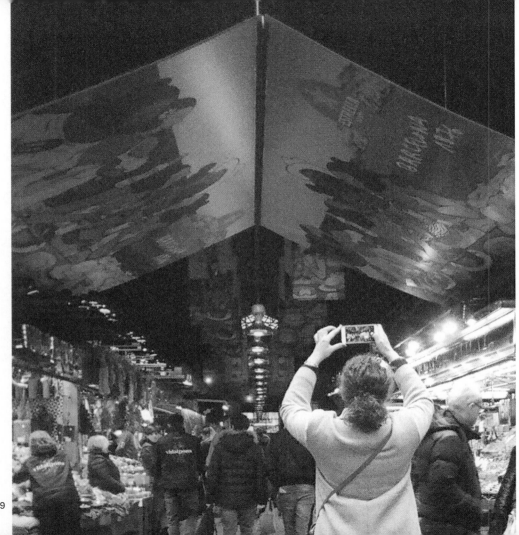

'그 여자의 취향'
Barcelona, Spain 2019

'그 남자의 취향'
Amsterdam,
Netherlands 2020

'그 여자의 취향 2' London, England 2020

'그 남자의 취향 2' Barcelona, Spain 2019

다 정 한 줄 ✍ 아홉 _ 취향이거나 고집이거나　　　　　**다정한곡** 🎧 Take Me To The Alley - Gregory Porter

　여행 사진을 정리하던 중 소스라치게 놀란 적이 있다. 바르셀로나의 어느 골목을 찍은 사진인데 너무 낯익은 느낌이었다. 뒤적뒤적 여행 사진첩을 뒤져보니 10년 전 바르셀로나를 여행하며 찍어 두었던 골목과 같은 골목이었다.

세월의 흔적을 고스란히 보여주듯 골목길에 놓인 간판에 새겨진 글자들은 풍화되었지만, 그때 그 골목임은 틀림없었다. 간판에 새겨진 단어의 뜻이 무엇인지는 여전히 모르지만 10년 전의 나와 지금의 나는 그 골목이 꽤나 마음에 들었나 보다.

어떤 취향은 변하기도 하지만 또 어떤 취향은 고집처럼 변하지 않기도 한다.

'골목의 쓸모' Barcelona, Spain 2019

'귀가길' Porto, Portugal 2019

'세월의 흔적 다 버리고' Barcelona, Spain 2019

'똑똑' Barcelona, Spain 2019

'골목길 전시회' Barcelona, Spain 2019

'간판이거나 예술이거나' Windsor, England 2020

  어떤 취향은 고집처럼 변하지 않기도 하지만 어떤 취향은 변하기도 한다. 처음 유럽 여행을 하던 시절 그림에 대해서는 전혀 모르고 관심도 없었다. 특히 종교적 그림으로 가득한 미술관이나 박물관은 그냥 관광 가이드 책자에 있으니까, 다들 가는 곳이니까 의무적으로 가긴 가는데 유명한 작품들만 쏙쏙 뽑아 속성으로 보고 빠른 걸음으로 도망치듯 나오는 그저 그런 곳이었다. 그런데 언제부터인가 그림을 보는 일이 재미있어졌다. 사실 아직도 종교적인 그림은 다 똑같이 느껴지고 재미가 없지만, 서양 미술사에 대해서는 잘 알지도 못하지만, 인상파의 작품이나 그와 비슷한 작품들은 보고만 있어도 마음이 잔잔해지는 느낌이 있다. 그래서 미술관에 방문하는 일이 즐겁다. 별것 아닌 것 같은 미술 작품 하나가 지친 일상에 커다란 위로가 될 수 있다는 것이 참 신기하다.

멀게만 느껴졌던 미술이 이렇게 내 삶에 들어 올 수 있다니 사람의 취향은 견고하기만 한 줄 알았는데 변하기도 하는구나.

'초록 간판 옆 집' Oxford, England 2019

'초록문 옆 집' Barcelona, Spain 2019

'잠시 여기 쉬었다 가세요' Windsor, England 2020

'포토벨로의 올드카' London, England 2020

다 정 한 줄  열하나 _ 당신의 특기는 무엇인가요   다정한곡 🎧 Ride - SOLE

취미: 자전거타기

특기: 독서

어린 시절부터 기계적으로 채워 온 자기소개서의 취미, 특기란.

글쓰기, 피아노 치기도 아니고 특기가 독서라니 말이 되나.

나의 진짜 특기는 무엇일까?

여행을 하면서 비로소 알게 되었다.

나의 특기를

그것은 바로 어지르기

'누군가의 취미생활' London, England 2020

'초록 불을 기다리며' Barcelona, Spain 2019

'은하철도 999' Amsterdam, Netherlands 2020

'자전거 탄 풍경' Edinburgh, Scotland 2020

'위험한 주행' London, England 2020

'천천히' New Malden, England 2020

다 정 한 줄 ✍ 열둘 _ 나만의 여행 뒤풀이

다정한곡 🎧 Black Out - 아이유

"모든 일에서 제일 중요한 것은 뒤풀이야."

대학 시절 한 선배가 말했다. 말 잘 듣는 스무 살 새내기는 선배의 말을 법처럼 여겼고 어느새 그 법은 내 삶의 모든 부분에 적용되고 있었다. 물론 여행도 예외가 아니었다. 하지만 나만의 여행 뒤풀이는 모두가 생각하는 일반적인 뒤풀이와는 결이 좀 다르다. 그것은 여행 중 찍은 필름 사진을 인화하러 가는 것인데, 아무리 장시간 비행으로 녹초가 되었다고 해도 내가 마주했던 거리의 모습, 사람들의 표정, 그날의 날씨가 어떻게 사진에 담겨있을지 너무 궁금해서 짐을 풀 새도 없이 사진관으로 향한다. 천근만근 지친 몸을 이끌고 필름을 맡긴 후 디지털 파일을 이메일로 받기까지 셀 수 없이 새로 고침 버튼을 눌러댄다. 마침내 파일이 도착하면 급한 마음으로 대충 바탕화면에 압축을 풀고, 폴더에 차곡차곡 놓여 있는 사진 파일을 한 장 한 장 열어 본다. 마치 설레는 마음으로 복권을 한 장씩 살살 긁듯이. 생각보다 예쁘게 나온 사진에 환호하기도 하고, 생각보다 엉망으로 나온 사진에 실망하기도 하는 그 시간은 여행을 하는 순간만큼이나 짜릿하다. 역시 선배의 말은 틀린 게 없었다. 모든 일에서 제일 중요한 것은 뒤풀이였다.

'할아버지의 일과' Barcelona, Spain 2019

'그들의 일과' Edinburg, Scotland 2020

'거리에서' Barcelona, Spain 2019

'그 거리의 분위기' Amsterdam, Netherland 2020

'도란도란' Barcelona, Spain 2019

'그 도시의 표정' Porto, Portugal 2019

'그날의 온도' Porto, Portugal 2019

'따사로운' Porto, Portugal 2019

다 정 한 줄 ✍ 열셋 _ 습관의 발견: 사진이 가르쳐 준 것에 대하여

다정한곡 🎧 습관 - 롤러코스터

사람의 본성이란 너무나도 사소한 삶의 방식에서도 드러나기 마련이다. 나름 여행 사진의 A컷을 선별해보겠다며 큰맘 먹고 작업을 시작했는데, 비슷한 사진은 왜 이렇게 많고 왜 다들 각자만의 아름다움을 외치고 있는지 어느 하나 쉽게 지울 수가 없다.

결국 A컷이라고 만들어 둔 폴더에는 정리한 것이 맞나 싶을 정도로 많은 사진이 쌓인다. 방 청소, 인간관계에도 이렇게 쌓아두는 버릇이 적용되는 덕분에 버려야 할 물건, 불필요한 관계를 잘 구분하지 못할뿐더러 정리는 더더욱 쉽지가 않다.

쌓아두는 것도 그 나름의 장점이 있겠으나, 어느 시점에서는 좀 더 날카로운 판단력과 냉철한 안목 그리고 과감한 결단이 필요할 것 같다.

'Black Caps' London, England 2020

'Black & Red' London, England 2020

'Black & Siver' Edinburgh, Scotland 2020

'Black & Pink' London, England 2020

'All Black' London, England 2020

다 정 한 줄 열넷 _ 사진 한 장이 주는 위로

사진을 자꾸 보다 보면 사진을 찍던 상황이 사진에 각인이 되곤 한다. 이 사진에 대해 말해보자면, 사진을 찍기 전 암스테르담 거리는 비가 막 개었고, 나는 짐짝 같았던 우산을 곱게 접어 오른 손목에 우산 끈을 걸어둔 채로 꽁꽁 얼어버린 두 손을 주머니에 콕 집어넣은 채 걷고 있었다. 그 순간 검은 골무 같은 모자를 눌러 쓴 아저씨와 그 뒤에 놓인 하이네켄이라는 글자만을 겨우 알아 볼 수 있는 문자로 가득한 건물이 눈에 들어왔고, 그들을 한 프레임에 담고 싶다는 생각에 사진기를 꺼내 들고 손을 호호 불며 셔터를 눌러대다 다가오는 자전거에 치일 뻔했다. 그래서 이 사진을 볼 때면 자전거를 순식간에 피하는 내 모습과 동시에 그 순간의 놀람과 안도감이 그려진다. 이렇듯 모든 사진에는 그 만의 스토리가 존재하고, 그날의 감정이 배어 있다.

어떤 사진은 스스로 인정하고 싶지 않은 감정이 깃들어있기도 한데, 그런 사진들마저도 지친 삶에 위로가 될 때가 있다. 입버릇처럼 힐링을 외쳐대며 거창한 일들을 계획하지만 어쩌면 그 힐링은 대단한 것에서 오는 것이 아니라 아주 사소한 것들로부터 오는 것일지도 모른다는 생각이 든다.

'하이네켄을 등지고' Amsterdam, Netherlands 2020

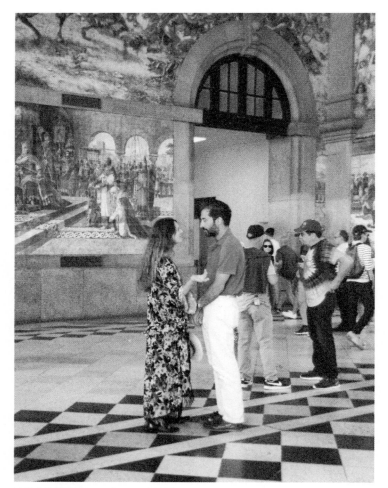

'포르투의 연인' Porto, Portugal 2019

'나란히 걷기' Porto, Portugal 2019

'영화 속 장면처럼' London, England 2020

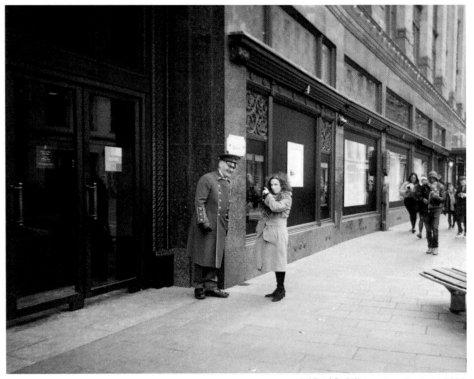

'귀를 기울이면' London, England 2019

다 정 한 줄  열다섯 _
예측 불가능함으로부터 오는 감성

다정한곡 🎧 Incomplete - Sisqo

　필름카메라로 찍은 사진은 인화하기 전까지 결과물을 예
측할 수가 없다. 빛 조절에 실패한다거나, 내 손가락이 나온
다거나, 갑자기 등장한 사람의 등짝이 대문짝만하게 나온다
거나 하는 변수를 통제하기란 쉽지 않다. 하지만 그 불완전
함이 주는 아날로그적 감성이 참 좋다.

'변수들의 향연' London, England 2020

'빛이 빚은 프레임' London, England 2020

'나무 액자' Barcelona, Spain 2019

'그녀의 등장' Edinburgh, Scotland 2020

'그의 등장' London, England 2019

'손가락과 노을의 콜라보' Porto, Portugal 2019

'돌이킬 수 없는' Porto, Portugal 2019

다 정 한 줄 ✍ 열여섯 _ 사진도 인생도 타이밍

다정한곡 🎧 사랑은 타이밍 - 폴킴

사진 정리는 너무 어렵다. 특히 같은 배경을 두고 여러 장 찍은 사진 중에 무엇을 A컷으로 할지 정하는 일은 정말이지 너무 어렵다. 그래서 나의 여행 사진 정리는 여행이 끝나도 쉽게 끝나는 일이 없다.

신기하게도 같은 장소에서 같은 구도로 찍은 사진이더라도 지나가는 사람의 몸동작, 버스의 위치, 신호등의 색깔 등에 따라 전혀 다른 느낌의 사진이 탄생하기도 한다. 그런 의미에서 난 이 사진의 절묘한 타이밍이 참 마음에 든다. Harrods 백화점을 지키고 있는 아저씨와 대화를 나누는 여자, 때마침 등장한 손님이 내리기 직전인 블랙캡, 그리고 이유는 알 수 없지만 적절한 위치에 자리 잡은 사람들까지도.

역시 인생도 사진도 다 타이밍인가보다. 지금 우리의 인생은 어떤 타이밍에 있을까.

'어떤 타이밍' London, England 2019

'The Blue: 같은 색' London, England 2020

'집으로' London, England 2020

'Double Decker 205' London, England 2020

'Regent's Park Station' London, England 2020

'Red Light' Amsterdam, Netherlands 2020

'Green Light' Amsterdam, Netherlands 2020

'동행' Amsterdam, Netherlands 2020

'반대편을 향해' Amsterdam, Netherlands 2020

"에그타르트는 무조건 하루에 네 개는 드세요!!" 포르투에 간다는 내게 누군가 말했다.
'응? 네 개? 그 비린내 나고 느끼한 계란과 밀가루 덩어리를 네 개나 먹을 수 있다고? 말이 되나?'

결론부터 말하자면 그것은 말이 안 되었다. 네 개가 뭐람. 네 개 이상도 가능했다. 한국에서 먹었던 퍽퍽한 에그타르트는 진짜 에그타르트가 아니었다. 어떤 날은 새벽같이 일어나 에그타르트를 사러 갈 정도였다. 하지만 에그타르트는 포르투갈 어딜 가도 먹을 수 있는 것이었고, 포르투만의 진짜 명물은 따로 있었다. 그것은 바로 할 말을 잃게 만드는 선셋! 물론 포르투 선셋의 아름다움에 대해서는 귀에 닳도록 들었지만, 마음 한 켠에는 '뭐 그래봤자 매일 반복되는 해가 지는 일 하나에 왜 다들 호들갑이지?'하는 생각이 있었다. 하지만 오렌지빛이 되었다가 핑크빛이 되고 다시 붉은 빛이 되었다가 깜깜한 흑빛으로 변하는 하늘을 보고 있자니 포르투의 선셋을 감히 호들갑이라 생각했던 내가 한없이 작아지는 것 같았다. 그동안 나를 힘들게 했던 사사로운 인간관계, 출근을 공포로 만들어 놓았던 업무, 하루를 갉아 먹던 걱정과 고민이 대자연 앞에서는 아무것도 아닌 일이었다.

'그래. 세상이 이렇게 아름다운데 기안문 띄어쓰기 하나가 뭐 그리 대수라고.'

이렇게 아름다운 세상에 살고 있음이, 넉넉하지는 않더라도 그 아름다움을 느낄 여유가 있음이, 그리고 그 아름다움을 누릴 수 있는 건강이 뒷받침될 수 있음이 얼마나 다행인지.

진정한 행복이란 물질적 풍요로움으로부터 오는 것도, 엄청난 성취감으로부터 오는 것도 아니었다. 진정한 행복은 그래봤자 매일 반복되는 사소한 일들로부터 아름다움을 느끼고, 그 사소한 일상이 그 자리에 그대로 있음에 감사할 줄 아는 것으로부터 나오는 것이었다.

많은 생각이 스친다. 그래봤자 매일 반복되는 일 하나에.

어서와 포르투는 처음이지?'
Porto, Portugal 2019

'히베이라 광장의 두 사람'
Porto, Portugal 2019

'올려다보기' Porto, Portugal 2019

'Cotton Candy' Porto, Portugal 2019

'푸르던' Porto, Portugal 2019

'모로 공원을 향해' Porto, Portugal 2019

'일몰을 기다리며' Porto, Portugal 2019

'개와 늑대의 시간' Porto, Portugal 2019

'스며들다' Porto, Portugal 2019

'Speechless' Porto, Portugal 2019

다 정 한 줄 ✍ 열여덟 _ 런던, 어떻게 널 사랑하지 않을 수 있겠니 다정한곡 🎧 Quando, Quando, Quando - Michael Buble

"거길 또 가?"

 겨울 여행지를 고민하다 결국 다시 런던을 택했다. 안 가본 유럽이 더 많은데, 딱히 더 둘러볼 관광지도 없는데 런던에 대한 지독한 짝사랑은 당최 사그라들 기미가 보이지 않는다.

잠시 런던에 살았던 시절 집에 도둑이 들어 모든 추억이 담긴 카메라를 잃어버렸을지라도, 끝을 모르고 치솟던 환율 때문에 팍팍한 하루를 살았을지라도, 그로부터 몇 년 후 다시 찾은 런던에서 비행기를 놓쳐 모든 일정이 틀어졌을지라도, 그 모든 불운의 기억 너머에는 사람들의 온기가 배어있다. 집에 도둑이 들었다는 소식을 듣자마자 런던은 위험하니 다시 옥스퍼드로 와서 함께 지내자고 했던 홈스테이 가족들, 팍팍한 런던에서의 삶에 항상 웃음을 주었던 개성 강했던 하우스 메이트들, 비행기를 놓쳤다는 말에 흔쾌히 자신의 집에서 하루 더 지내고 가라고 손을 내밀어준 친구. 날씨가 안 좋기로 악명 높은 런던이지만 내 마음속 런던은 사람들의 따뜻한 온기로 가득하다. 어쩌면 런던을 향한 나의 짝사랑은 그때 그 시절의 사람들과 그 시절의 내가 느꼈던 감정에 대한 그리움일지도.

매번 새로운 기억들과 따뜻함이 더해지는 런던. 어떻게 널 사랑하지 않을 수 있겠니.

'런던의 눈' London, England 2020

'빅벤은 공사중' London, England

'Let me photograph you in this light' London, England 2020

'런던의 명물' London, England 2019

'런던의 밤' London, England 2020

'Typical British'
London, England 2020

'Somewhere Between U.K. and France'
London, England 2020

'책방 산책' London, England 2020

'런더너의 퇴근길' London, England 2020

'비오는 쇼디치' London, England 2019

'비오는 브릭레인' London, England 2019

'Archer House' London, England 2020

'휴 그랜트를 따라' London, England 2020

'음' London, England 2020

'동그라미 튜브 동굴' London, England 2020

다 정 한 줄 ✍ 열아홉 _ 돌아갈 곳이 있음이 좋지 아니한가!

다정한곡 🎧 Take A Bow - Rihanna

여행의 막바지, 맹물 같은 아이스라테를 급히 사 들고 에든버러로 가는 기차에 올랐다. 여행을 계획하면서도 예상했듯 여행이 막바지로 치닫는 이 순간은 아쉬움만 가득하다. 런던을 여러 번 왔지만, 심지어 수년 전 잠시 살기도 했지만, 여전히 근위병 교대식은 보지도 못했고, 그렇게 가보고 싶다고 생각했던 프림로즈 힐과 세븐시스터즈도 못 갔다. 다 내 게으름 탓이지.

그럼에도 불구하고 누군가에게는 평범한 일상일 뿐인 런던 튜브의 빨갛고 동그란 표지판이, 무슨 맛인지 알 수 조차 없는 퍽퍽한 생선튀김 한 입이, 내 곱슬머리를 더 부스스하게 만드는 비를 품은 날씨가 나를 행복하게 만들었다. 여행을 하며 이렇게 행복할 수 있나 하는 생각을 많이도 했다.

돌아간 일상에서 일에 치여 힘들 때면 이 순간들을 많이, 아주 많이 그리워 할 것이다. 하지만 너무 잘 알고 있다. 이 행복은 돌아갈 곳이 있기에, 돌아갈 집과 일터가 있기에 더욱 크게 느껴지는 것이라는 것을. 짧은 여행을 마치고 돌아가야 할 일상이 달갑지만은 않지만, 그조차도 행복임을 여행을 통해 깨닫는다.

↑ **Way out**

↑ District and Circle lines

'나가는 곳' London, England 2020

'버스를 기다리며' Edinburgh, Scotland 2020

'다이애건 앨리' Edinburgh, Scotland 2020

'길 위의 사무실' Edinburgh, Scotland 2020

'길 위의 삶들' Edinburgh, Scotland 2020

'아침이 오는 소리' Edinburgh, Scotland 2020

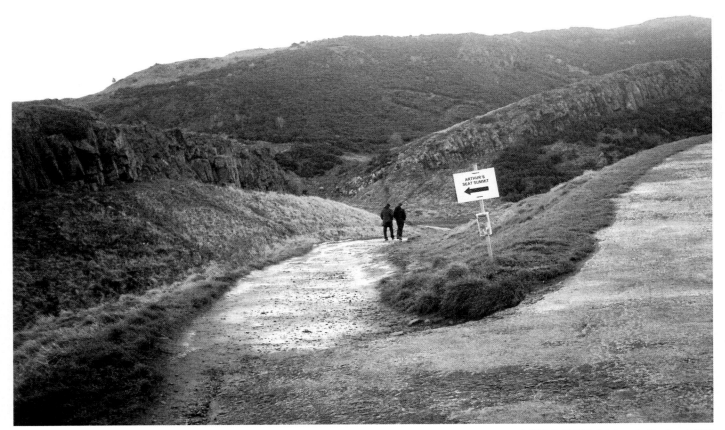

'이쪽으로 가시오' Edinburgh, Scotland 2020

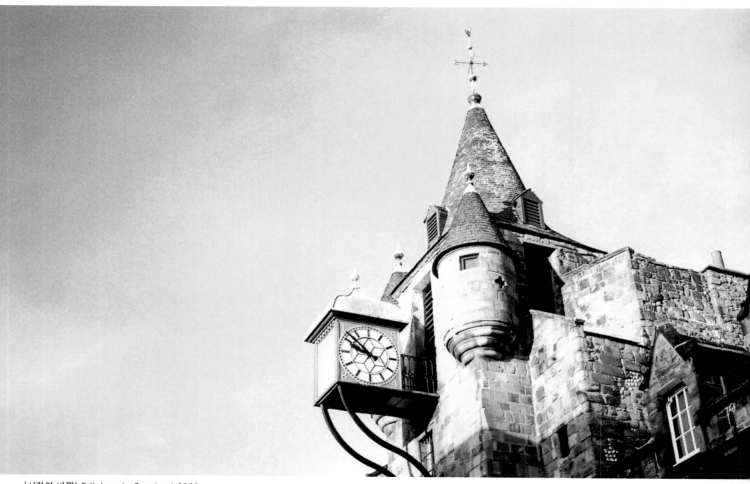

'시간의 바깥' Edinburgh, Scotland 2020

'에든버러의 밤' Edinburgh, Scotland 2020

📎 에필로그
의도치 않게 장황해져 버린 맺는 글

다정한곡 🎧 Photograph - Ed sheeran

혼자 여행을 하면 풍경 사진은 넘쳐나지만 정작 내 사진은 별로 없다. 그래도 정말 마음에 드는 여행지에서는 인생샷을 남기고 싶어서 지나가는 외국인들에게 사진을 좀 찍어줄 수 있겠냐고 부탁하곤 한다. 사실 사진을 가장 잘 찍어주는 건 한국인이라는 걸 알지만 한국 사람에게 부탁하기는 괜히 쑥스럽다. 그럴 때면 사진을 찍고 싶은 장소에 서서 타깃을 물색하곤 하는 데 말하지 않아도 눈빛으로 모든 게 전달이 되어 먼저 사진을 찍어주겠다고 다가오는 외국인도 있으며 애초에 "내가 너 사진 찍어줄게. 너도 내 사진 찍어줄래?" 하며 일종의 거래를 해오는 외국인도 있다. 그들은 대개 무심하게 사진을 몇 방 찍어준 후 "확인해보고 마음에 안 들면 다시 찍어줄게."라는 말을 하는데 사실 마음에 안 들어도 다시 찍어 달라고 말하기란 쉽지 않다. 사진을 쓱 보고는 그저 "I like this!! Thank you!!"를 외치며 민망함에 자리를 잽싸게 뜨는 수밖에. 그렇게 몇 번의 민망한 절차를 거치고 나면 (한국 친구들이 찍어준 사진보단 마음에 쏙 들지는 않지만) 그래도 마음에 드는 사진 몇 점이 탄생한다.

인생샷까지는 아니어도 마음에 들게 사진을 찍어준 이름 모를 누군가들에게 감사를 전하고 싶다. 비록 내가 그렇듯 내 얼굴조차도 기억 못 하겠지만 내가 무수히 찍어 준 이름 모를 누군가들의 사진이 그들에게 아름다운 추억의 일부였으면 좋겠다. 그리고 이 사진집을 보고 있는 사람들 역시 나의 사진을 통해 지난 여행에서의 아름다웠던 기억을 떠올리면서 혹은 새로운 여행을 다짐하면서 잠시나마 행복했길 바라본다.

순간순간 사랑하세요.
순간순간 행복하세요.

그 순간들이 모여
당신의 인생이 됩니다.

- 학교 앞 카페 옆 낙서

'Keep this love
      in a photograph'
London, England 2020

📎 두 번째 에필로그
그리고 그 후... (부제: 역주행을 꿈꾸다)

다정한곡 🎧 롤린 - 브레이브걸스

 2020년 4월 독립출판을 한 후 정확히 3년, 2쇄를 결정하게 되었다. 2쇄를 결정하기까지 정말 긴 시간이 걸렸고, 많은 고민이 있었다. '그까짓 거 그냥 해보는 거지 뭐!' 싶다가도 '재고가 집에 너무 많이 쌓이면 어쩌지'하는 생각에 겁이 났다. 하지만 아무것도 하지 않으면 아무 일도 일어나지 않는다는 것을 지난 3년 동안 몸소 경험했기에 500권 재인쇄라는 또 한 번의 무모한 도전을 해보기로 했다.

독립출판을 하고 나서 내 삶에 소소한 변화들이 생겼다. 조금은 낯간지럽지만 나를 작가님이라 부르는 사람들이 생겨났고, 인천의 한 도서관에서 대략 서른 분의 독자님들과 함께 독서 프로그램을 진행했고, 또 그분들을 대상으로 온라인 강연도 했다. 인천시 하이파이북이라는 행사에 참여하여 너튜브 동영상에도 출연했으며, 종종 익명의 독자님으로부터 응원의 메시지를 받기도 한다. 여러 가지 일 중에서도 가장 신기하고 재미있었던 일은 인천의 한 서점에서 사진전을 열었던 일이다. 영국에서 어학연수를 하던 20대 시절 막연하게 30대가 되면 여행 사진전을 열고 싶다고 생각했었는데 소소하게나마 그 꿈이 이루어졌으니 신기할 수밖에. 그리고 사진전이 한창 진행 중인 주말 전시장을 찾았는데 마침 그곳에 체험활동을 온 고등학생들이 나에게 사인을 요청하는 것이 아닌가? 고등학교 때 '나중에 혹시 유명해지면 써야지' 하면서 만들어 두었던 사인을 마침내 사용할 수 있었고 아주 잠시나마 셀럽이 된 듯한 기분마저 들었다. 독립출판을 하지 않았더라면 내 삶과는 아주 먼 이야기였을 테다.

"사진 수업에서 D+를 받았지만, 사진집을 출판하셨다는 이야기가 인상 깊었어요. 저도 무언가 도전해 볼 용기가 생겼어요!" 적지 않은 사람들이 말했다. 나의 도전이 누군가에게 용기가 될 수 있음이 행복하고 또 감사하다. 이 글을 읽고 계신 분들도 마음속에 어린 시절부터 담아두었던, 혹은 주변에서 안 된다고 만류해서 접어두었던 꿈들이 있을 것이다. 그분들께 감히 "지금이라도 도전해 보세요!"라는 말을 건네고 싶다. 무모하리만큼 용감했던 도전이 어린 시절 만들어 둔 사인을 마침내 사용할 기회로 바뀔지도 모르니 말이다. 혹시 그 도전이 실패로 돌아갈지라도 또 다른 성공의 발판이 될 경험치가 생긴 것이니 그 나름의 가치가 있는 것이다. 어쨌든 나의 3년 전 코로나와 함께한 무모한 도전은 나름의 성공을 거두었고, 큰 결심 앞에서 주저하는 분들에게 나의 출판 후기가 조금이나마 용기와 위로가 되었으면 좋겠다. 그리고 역주행의 대명사 롤린이라는 노래처럼 내 책도 역주행의 아이콘으로 급 부상하여 멀지 않은 시점에 3쇄를 할 수 있으면 좋겠다. 장황하지 않으려 노력하는데 자꾸 장황해져서, 식상하지만 또 이보다 더 내 진심을 대신할 수 없는 말로 마무리하려 한다.

"이 책을 사랑해 주신 분들 정말 감사합니다. 커다란 행복을 좇는 삶보다는 소소하지만 다정한 하루들로
가득한 삶이 되기를 바랍니다. 다시 한번 감사합니다. 다정한 하루 되세요."

2023년 5월,
아마추어 사진관 권다정드림

그림: 러키누나

이 책은 저의 첫 독립 출판 서적이며, 표지 디자인부터 내지 구성까지 모두 제 손으로 만든 자급자족 창작물입니다. 두 달이 넘는 시간에 걸쳐 네 번의 가제본을 하며 상당 부분을 수정했으나 부족한 부분이 있을 수 있습니다. 그래도 재미나게 읽어 주시면 좋겠습니다. 출판 비용의 일부는 크라우드 펀딩을 통해 충당되었습니다. 저의 첫 책이 세상의 빛을 볼 수 있게끔 후원해 주신 서른세 분의 후원자님들 감사합니다. 또한, 선택 장애 때문에 자꾸 이것저것 물어보며 귀찮게 굴어도 성심성의껏 의견을 준 지인분들 감사합니다. 특히 첫 원고를 검토한 후 오그라들지 않는다는 피드백을 주고, 표지 제작에 많은 조언을 준 뼛 속까지 이과생 위례 은서맘님께 감사의 말씀 전합니다.

장황한 사진집 진짜 끝

아마추어사진관 권나정 (@maybe_foto_)